모아드림 | 21세기 | 기획시선 39

팔 월

안경원 시집

2002
모아드림

팔 월

글쓴이 / 안경원
펴낸이 / 孫貞順
펴낸곳 / 모아드림

1판1쇄 / 2002년 9월 10일
서울 서대문구 북아현3동 180-22
전화 / 365-8111~2
팩시밀리 / 365-8110
E-mail / morebook@korea.com
morebook@morebook.co.kr
http://www.morebook.co.kr
등록번호 / 제2-2264호(1996.10.24)

ⓒ안경원
ISBN 89-5664-003-3

* 잘못된 책은 구입하신 서점에서 바꾸어 드립니다.
* 지은이와의 협의하에 인지를 붙이지 않습니다.

값 5,500원

팔 월

■ 책머리에

인간에 대한 관심을 떠날 수 없다. 이 시대를 살아가노라면 인간보다 더 훼손되고 파괴된 것이 없다는 것을 알게 된다. 안에도 있고 밖에도 있는 파괴자들은 끊임없이 할퀴고 현혹시키고 감금시키고 막히게 한다. 서로 상처주고 경계하며 공포에 갇히게 한다.

시 쓰는 일이 이 경로를 헤치고 나아가는 것이 되어야겠다고 생각하면서 1998년 이후 쓴 시들을 묶는다. 삶은 여전히 무겁지만 시가 무거움을 잠깐씩 들어올려 줄 수 있기를 바라며 시 읽는 이들에게 바친다.

2002년 여름
안경원

3부

1부

침묵에 기대어 1

내가 박은 가시를 하나씩 빼내며
생각에 잠금 장치를 푼다
못 살겠다고 우우 토하며 엎어진 날들
그때 상처 곪을 때 부서진 것
이제야 몸밖으로 나오며
세월이 많이 흘렀다고 한다
그동안 몸 속을 돌아다니며
가시 뽑아 놓을 곳을 찾았다고 한다

침묵에 기대어 2

알고 보니 너를 베며 나를 베었다
오늘도 상처 하나 얻고 돌아와
생각에 잠금 장치를 푼다
어리석은 일이다
칼과 송곳을 뽑지 않고 놓아둔다
그런 줄 알며
폭우 속에 우산 받치고 서 있다
비 얻어맞고 서 있는 아카시아
온 몸을 뒤흔든다.

침묵에 기대어 3

고통은 바이러스다. 인간의 체액이다. 몸 속으로 내리는 비다.

고통은 굴렁쇠다. 그네다. 롤러 스케이트다.

고통은 UFO다. 외계인이다.

아니, 흐르는 강의 뿌리다. 쓴 향기로 상처를 씻는 그런 뿌리다.

침묵에 기대어 4

나무들 비탈에 선 채 겨울을 난다
그렇게 향하여 보이는 곳
차들은 굽은 길을 충돌 없이 달리고
도시의 엘리베이터들은
땅 속에서 허공으로 종일 수직선을 그린다
나무들 박힌 찬 공기 속을
여기저기 뚫으며 나는 산새 몇 마리
겨울 햇살 속이라 여릿해 보이는
백양나무의 하얀 몸
그 침묵을 뚫으며 닫으며
비탈길을 오르는
사람의 몸 속에선
발진과 모래바람
소리를 잃은 말들의 헤매임
나무들 비탈에 선 채
겨울 오후 해가 엷어진다.

침묵에 기대어 5

― 겨울 제부도에서

한 두 시간 마음을 놓는 사이
바다는 제 몸을 끌고 저만큼 물러섰다
소리도 없이
해안 가득 드러난 바닥의 돌들
고요한 것을 보면
오래 전 일인가 보다

그간 주고받은 것이 상처뿐이랴
흘러가는 시간이 잠깐씩 섰다 갈 때
석류 속처럼 쪼개지고 빛나는 것들은
무엇일까? 비애나 쓰라림으로 뭉쳐지고
눈물로 키운 그런 것은 아니겠지
사람들은 만나면 쌓고 또 허문다

밀려 나간 바다가
희뿌연 겨울 오후 해에
온 몸으로 반사한다
바닥에서 올라오는 납빛 뒤채임
어쩔 수 없이 그러는가 보다
무슨 사연일까?

보이다 만 침묵이 저기 불쑥
돌 섬으로 솟아 혀가 굳은 지 오래다

그간 주고받은 것이 상처뿐이랴
헤매며 짜디짠 소금에 살갗을 부비며
용납할 수 없다고 그랬겠지
상처라도 주고받자고 그랬겠지

침묵에 기대어 6

굳은살같이 남아서
각질을 벗곤 한다
그렇게 둔 채 흐르는 물은
넘어갈 때마다 뭉클할 뿐이다
아직 청산할 마음이 없는 게지

그러나 강을 건너야 할 때가 있다
찌르는 가시 다 넘어지고
넘치는 눈물에 그 상처 녹아 버리고
목마를 때 들이켠 물
눈물로 쏟아야 채워지는
법칙에 한차례 죽어야 할 때

목련 꽃 나무 가득 찼다 비는
사월 중 며칠 간 급격한 변화

침묵에 기대어 7

가지 끝에 묻은 밤이 덜 냉혹하고
하늘 귀퉁이 한 자락씩 마음 푸는 날
겨우내 쥔 주먹을 편다
가려 주거나 배경이 되는
푸른 잎도 마다하고, 단호한 결의
그래도 속내는 복잡했나보다
고칠 것 없는 매무새
한 세월을 넘어
아무 일도 없었던 듯

침묵에 기대어 8

뒤로 당겨지며 상처만 보는 날이 있다
개나리 떼지어 피고 장미 만발한 때도 있다
입과 귀가 잠재의식을 뒤덮는 술판도 있고
비 쏟아지고 신발에 물이 질퍽한 밤도 있다
누르면 불이 켜지고 인물과 사건이 튀어나온다
얼마쯤은 규명된 것들인데
관련자들의 깊은 미소와 차가운 눈빛이 살아 있다
미망과 자기애가 선명하다
천천히 가며 웃는다
찢기기만 했을까!
아주 떼 낸다
낡은 공책 한 장을 넘긴다.

침묵에 기대어 9

가을걷이 끝나고 갈아엎은 흙이
거무스레 살집이 좋다
무성할 때 감춘 것들 바닥째 내보이는
입동 가까이 여윈 들판
바라볼수록 하늘이 깊다.

장마비

오늘도 비
비둘기의 잿빛 몸 더욱 짙어지고
씻기고 또 씻긴 길과 플라타너스
사람들 취기까지 씻어내는 비
쏟아지는 소리를 들으면
세상 밖으로도 들릴까 궁금하다
적막 공간을 두드리는 비 소리 북 소리 박수 소리
뒤도 안 돌아보고 가야 할 때
일생의 비가 그치는 날 듣게 될까?

영천 홍옥

잊기 위하여
없애기 위하여
기억의 방을 파서 묻었건만
아니었는지 불씨 하나 던져 타오를 때 보니
파묻었던 날보다 살도 씨도 더 여물었구나
볕에 그랬나 바람에 그랬나
꺼내놓고 보니
저렇게 붉은 것을 어떻게 삼키겠나
해 지고 뜰 때마다 차라리 한 입씩
몸 떨며 씹어서
뱃속에서 잊겠구나.

참회

주머니를 흔들어 이리저리 자리바꿈 해 놓고
겉에서 쿡쿡 찌르며 만져본다
그냥 그대로다
거꾸로 들고 쏟아 내도 서로 엉겨 붙어 있다
도대체 무엇으로 만든 주머니인가
잘 찢어지지도 않고 쉽게 죽지도 않는다
그렁저렁 일생을 버티는
주머니의 고집
무디고 무딘 가죽
주머니를 부식시키는 땀과 눈물에 의해
휴지같이 될 때까지
닳아서 터질 때까지
구르며 기며 가는 우둔함이여
주머니를 뒤집어 탁탁 털어 내며
속엣 것을 만져본다
오랜 세월 숨어서 눈물을 막은 것
심장 속에 있었나 배꼽 뒤에 있었나
꺼내 놓으니 내 등을 툭툭 두드린다.

허리케인

그 섬은 꿈에 본 듯 아름다워서
섬을 돌아 돌아 바다를 휩쓸고 가는
구름은
나사처럼 허공을 감으며 욕망을 키우고
오르며 사나워진 구름의 불가마는
쏟아낼 수밖에 없다
섬을 뒤집고 사람의 집들을 부수고
백 년 된 나무의 허리를 꺾어서라도

꿈에 본 듯 아늑한 그 섬은
바다와 구름과 함께 쉬고 있다
시한 폭탄 같은 구름이 노을에 젖어 있다.

장미 가득 피고

울타리 따라 장미 가득 피고
하얀 찔레도 화려하다
금리가 떨어지고 실업자는 더 늘고
큼직한 회사가 외국인 손에 팔리는 사태를
먼 나라 이야기처럼 들으며
오늘따라 파란 하늘만 쳐다보며 걷는다
황무지도 폐허도 아니고 옥토도 개간지도 아니다
기나긴 역사의 큰 토막도 아니고 꼬리도 아니고
이제 끝나간다는 이십 세기가 무슨 춤을 추는지도
알 수 없다. 돈을 쥔 손과 그 손의 머리가
대륙과 대양을 배트맨같이 휙휙 날아다닌다
이러다…힘없이…그냥 그러면…
머리에 물들이고 영어로 말하면서
독립 운동 같은 것은 안 할 텐데
이젠 라면 사재기는 안 한다
고독한 스티로폼 섬들로 떠 있거나
오래 서 있는 나무와 산을 보며
발걸음을 심는다
유난히 바람이 상쾌한 날
토끼와 사자가 같이 노는 장면을 떠올리며

장미 가득 핀 오르막길을 따라 걷는다
백 년 전 이 길 걷던 나그네가 이랬을까?

2000년에 온 봄

모래 밭 건너고
웅덩이 두 셋 건너고
잡풀만 무성한 마른 언덕 지나고
저 멀리 강물을 보다가
강 따라 걷는다
강물에 시간이 설탕처럼 녹는다

다시 간이역이다

와글와글 떠들어대더니
사람들도 몸도 마음도 떠났다
더 찾을 일 없이
상처에 대한 기억도 납작해져서
오던 길처럼 간다
어둠 흩어지는 새벽부터
목련 꽃 달빛에 정신 놓는
밤으로, 간이역 다 끝날 때까지
저 밖에 가야 깨어나려나
마취된 하루하루
꽃은 만발하고

시에 기대어

이 나이 되어서
마땅한 비유나 찾으며 시 쓰겠나
진흙탕에 같이 구르다가도
마음에 짚히는 게 있어야 할 텐데
마음을 녹이는 것이 너무 많아진 세상
일엽편주 타고 가는 것이라면
누가 그것을 빼앗으랴만
갑갑하다고 쓸까
모르겠다고 쓸까
산천이 오묘하다고 쓸까
자기 모순이나 털어놓고
지금 이런 삶이 많다고 할까
올해 지나면 이십 일 세기
극도로 치밀한 짜임새를 떠올리면
시가 걱정된다
자유로운 그 날의 사람들이 쓰는 시는
살이 오르고 윤기 나는 깃털로 덮인 새일까
강력 자석, 혹은 맞으면 죽는 돌멩이일까
부질없는 생각이다
이 나이 되었으니

삶의 지혜를 써야 할 텐데
시는 내 등을 탁탁 치고 있다.

이렇듯 조용한가

화단에 열린 풋고추 더러 붉어지고
어느 귀퉁이에선가 귀뚜라미 운다
하늘엔 엊그제 추석 지난 달이다
어둑한 밤 집들과 늘어선 차들이
불쑥 섬뜩하다. 이렇듯 조용한가

나는 산소통도 안 메고 있고
둥둥 떠다니지도 않는다
악 소리 치면 밤 공기를 흔들며 소리가 날아간다
저기 공중전화 박스도 있고
불꺼진 슈퍼에선 물도 많이 판다
절대 고립된 것이 아니다

쉬 쉬 하며 사람들이 사라지고 있다
숲을 마구 헤치고 물을 첨벙첨벙 걸어서
탈옥수의 불안과 짧은 소망으로
어둔 밤의 변두리를 넘어
빠져나가고 있다.

젊은 남자가 핸드폰으로 말하며 지나간다

저 끝에서 건너오는 사람의 목소리
기나긴 터널을 빛처럼 달려오는 응답의 소리
그 소리를 자주 들어야 견딘다
그 소리, 나는 살아있다, 나는 너의 친구다, 나는 너를 생
각한다
나를 생각해 다오, 나를 만나 다오
나는 끊임없이 욕망한다, 한다, 한다,,,

오늘 나는 무엇을 욕망했나?
체온보다 더 뜨겁고 심장을 들고나는 피의 박자보다
더 세찬, 채우지 못하면 혐오하고 마는 광포하고 수완 좋
은
그 불길 속으로 오늘도 들어갔다 나왔는가?
아스팔트 길에서 길로 건너 다닌 것 같다
전기 다리미를 새로 살 것과 허리가 안 아프기를
단속적으로 욕망하며

이렇듯 조용한가
가만히 밤을 보내는
정지한 자동차 안에

아무도 없다
엷은 달빛이 비쳐 들어
괴괴한 동굴 속 같다
사람 떠난 다음 같다.

남은 자

독수리며 풀무치다. 호랑이 만나면 호랑이와 놀고 고양이
만나면 고양이와 놀고, 시장에 가면 시장의 달구지요 사막에
가면 사막의 거미다. 소금밭에 떠오르는 태양이요 시궁창의
달이고, 원시를 그리워하며 그의 아파트엔 파리 한 마리 못
들어가고, 갈고 닦아 성과 속이 하나인 줄도 안다. 죽도록 배
우며 윤리와 경제에도 밝다.

그의 잠 속에 무인 카메라를 놓는다면? 하루살이 떼의 군
무, 그리고, 매일 하나씩 비운 맥주 캔 그만큼의 자유,

그런 것들일까?

횡단보도 앞에서

엷은 비 뿌리다 말다 하고
비둘기는 작은 발로
보도 블록 가로금 세로금을 건너다
푸드득 날아간다
축축한 하늘이
묵직하게 내려앉는다

지난 해 올해
이 세상을 건너간 사람들이 생각난다
길의 끝을 보았을까?
여럿이 거기까지 따라가서는
놓쳐야 하는 곳
날개를 펴야 하는 하얀 금이 그어져 있나보다

저리로 건너간 다음에
지진도 나고 화산도 폭발하고
누구는 퇴직하여 들어앉았고
몇 십 년 신던 신발도 벗어야 했고
그런 일들이 많았다

신발도 신지 않은 비둘기의 작은 발
살라 하면 살아야 하는 것을
그도 피할 수 없는가
마땅히 집도 없는 도시의 비둘기
걸었다 날았다 하면서
세상 구경도 할 만큼 했겠구나.

50대 남자의 퇴직

이 길이 아닌데 하면서
여기까지 왔는데
세상이 그를 다 썼다고 한다
부르튼 발을 멈춰 세우고
발에게 묻는다
그때 거기서부터 아니냐고
벌여 놓은 일 뒷수습은 해야했다고
이제 세상은 빛 바랜 그림 같다
군데군데 묻혀 있는 지뢰나
가고 오지 않는 사랑과
폭염에 끓는 모래의 길마저도
그의 마음을 일으키지 않는다
마음 한 번 푹 놓고
허세도 날려보내고
새벽 산에 오르니 알겠다
그때 그 길은 그가 안 가서
아예 없어졌다는 것을.

책상을 해체한다

작고 오래된 책상을 해체한다
13년 쓴 책상의 물린 곳을 떼어내니
길고 짧은 판대기로 주저앉는다
못을 몇 개 안 쓰고 만들어서
못에 삭은 흔적은 없다
서랍 두 개가 달랑 떨어져 나온다
나무에 스민 13년의 시간
나무 책상을 만지며 나무 책상 13년을
두드리고 비비며 추억해 본다
다 버리고 남은 서랍 두 개가
고집스러워 보인다
책상 없는 서랍으로 남아
종이나 편지 따위를 담고
서랍의 주인과 함께 갈 시간을
기다리고 있다
해체할 수 없는 13년과 그 다음을.

2부

그곳에 가면

버리고 떠나고 싶다는 사람을 만났다
두메 산골이나 외딴 섬으로
뒤도 안 돌아보고 걸어 온 길 닫아걸고
그렇게 떼버리듯 그렇게 조용해져서

두메 산골이나 외딴 섬은
그를 기다리고 있을까?
낡은 옷에 배낭 하나 메고 오는 그를
뭐라며 맞이할까?

그곳에 가면, 넝마와 누더기와 잡풀 숲
여기저기 주저앉은 뼈대와 살 떠메고
그곳에 가면, 누가 가엾다고 할까?

그곳에 가면 뼈와 살 승냥이에게 다 주고
아는 것 배운 것 아궁이에 던져 버리고
비천에 절은 삶 한 줌에 뭉쳐 버리고
그러려고 하는가?

버리고 싶은 마음엔 아직 더운 김 서려 있고

떠나고 싶은 마음엔 돌아올 표를 숨기고 있으려니
외딴 섬 깊은 고요와 어둠
침묵 속에 쏟아지는 빛을
잊은 지 너무 오래 되어
그렇게 버리고 떠날 수 있을까?

그곳에 가고 싶다
그곳에 가면
이 누추한 세상에서
내 몸을 빼낸다, 나를 이루는 것을 빼낸다
거기까지만 안다

신문 읽는 가을 아침

온통 뇌물 받고 부정 대출해 준 기사를 읽다가
창 밖을 보니 듬성듬성 단풍 들었다
병들지 않고 살아 때 맞춰 단풍 드는 나무들이
거룩해 보인다
옛날, 빈대 이 잡던 디디티 생각이 난다
하얗게 뿌리면 우수수 죽어 쏟아지던 벌레들
쓰레받기에 쓸어 담으며 내뱉던 말이 무엇이었나
김수영의 풀도 요즈막엔 풀이 아니다
풀이 무엇 먹고 살길래
살이 찌고 뿌리는 약해졌을까—
어떤 풀이 바람을 이기는가
방패 모양 칼 모양으로 청동같이 강한 몸으로
막아내야 하는가, 치고 가게 해야 하는가
뇌물은 뇌물이 가는 길이 있다
바이러스처럼 옴실거리며 여기저기 건드리며
진행하는 길이 있다.
얼마 전, 아파트 마당에서
모과나무에 열린 모과를 보며
거기 모과나무가 있는 줄 알았다.

가을 꽃 국화

해는 저만큼 물러서고
들판에 떨어져 남은 낟알들 위에
서리 하얗게 내리고
굴참나무 숲은
그 많은 잎을 다 쏟아내고 있다
하루하루 도토리 여물고
하루하루 강물 차가워질 때
살아있음이 눈물겨운
가을 꽃 국화
땅의 열기 식도록
향기 담고 있다가
사람들 무채색의 시간을 덮으며
한 뼘씩 점령한다
남아 있는 날들을 물들인다.

물박달나무 아래서

물박달나무 몸통이 거칠거칠 크다
가지 몇이 부러져 비었고
땅 밖으로 내민 뿌리는
밟히며 말이 없다

혼자 살며 오십 중반을 가는 선배를 보면
내 몸뚱이가 무거워진다
짧게 가는 사랑도 있는데

나무들 뿌리 흙을 파고들며 뻗어
산을 온통 움켜쥐고
대륙과 지구 덩어리를 움켜쥐고
잎과 열매를 쏟아 내는 모양이
덫에 걸린 것으로 보이기도 한다

한 삽씩만 퍼 담아도
만리장성을 쌓을 텐데

강의실에 흐르는 강물

강의실 칠판 앞에 서면
내가 할 말은 더 없는 듯하다
선생과 학생 사이엔
한 세기쯤 벌어진 강물이 흐르고
흐르는 강물에 내던져진 것들은
폐기물처럼 떠밀려 간다
어느 누구의 심정도 건드리지 않으며
버리는 것에 능숙한 탓에
그간 울며불며 살아온 것들
오십 년 전 것이나 일주일 전 것이나
단순 과거의 것으로 두둥실 떠내려간다
이 시대의 시간은 층을 만들지 않는다
아무 것도 가라앉지도 않는다
꺼내서 헤치면 누추한 헌 옷가지 같을 뿐
속도와 효율과 기능이 턱없이 모자라고
느리고 투박하고 볼품 없는 세상살이
가슴 속 품었던 유토피아 꿈까지
폐기물이 되는 것을
나 또한 담담하게 바라본다
강물이 가는 곳 넓은 바다에선

사방의 방파제가 다 무너져 내리고
바닷물은 때 없이 범람해도
한 치 앞을 예측할 수 없게 되어도
미래를 향해 배를 내밀고
자유주의의 무제한의 자유를 머리에 채우고
날아야 하는, 날도록 되어 있는
오늘 이후
강 건너 저쪽에선 인간이 반짝반짝 빛날 것 같다
무슨 말을 주고받을 수 있을까
인간의 덕목이 달라지고 있는데
창의성과 차별성과 주체성을 착용해야
현대 후기를 살아갈 수 있다고 하고
지니면 곧 도난 당하는 줄 아는데
죽어도 일주일 이상 못 버티는 줄 아는데
최면에 걸린 듯 정답을 만들다니
그 모순에 쓰러지는 게 나뿐이겠는가!

조직 사회, 그리고 폭설

더는 곁불 쬐며 살지 않겠다 결심해도
뜻대로 되지 않더라
불기 없이는 못 살 것 같아
초라하고 한심스럽건만
여기 아니면 저기 곁불을 쬐며
그러는 수밖에 없으리라고
삶의 큰 토막을 아예 내주면서
남은 것 갖고 허세 부리기는!

하얗게 얼어붙은 산을 오르니
그만한 냉기도 새삼 신선하다
여러 해 만에 내린 폭설에
겨울나는 소나무가 눈이 그대로다
잡풀 더미도 눈 아래 엎드려
죽은 척하고 있다
아이젠 신고 콱콱 찍으며 걷는데
나무에 얹혔던 눈
후두둑 내 어깨를 치며
급히 쏟아진다.

눈, 고요, 전율

눈 덮인 숲
몇 주일째 순결하다
그곳에 햇빛 사각대는 겨울 오후
딱따구리 나무 쪼는 소리
느닷없다
고른 박자, 눈 위를 탕탕 튀며
언 하늘을 쪼갠다
까만 등과 빨간 꼬리 털
부리 끝에 모이는 고요의 중심
긴장한 나무 가지들이 휘었다 선다

이만큼서 내 귀속이 환해진다

눈 위에서

어제 폭설로 눈 위에 또 눈이다
산에 오른다. 설해목이 더 늘었다
눈이 부시다. 잦은 눈이라 여전히 희다
큰 숟갈로 퍼먹고 싶다
꺼멓게 죽은 데 혹시 희어질까
지구가 눈덩이가 된다면?
끝내 소금 덩어리나 설탕 덩어리로 하얗게
된다면?

배고픈 까투리 혼자 눈 위를 서성인다.

겨울 안개 급습하던 날

TV 화면에 뜬 저녁 일곱 시
어둠이 시작되는 서울의 거리
올림픽 대로를 메운 차들이
강가를 흐르고 있다
붉은 색과 하얀 색 불빛으로 흐르고 있다
리포터가 시속 40으로 흐르고 있다고 한다
느리지만 꾸준히 흐르고 있다고 한다.
겨울 안개 급습하던 날
육십중 충돌을 보니
흐르던 물이 파열하면
적혈구와 백혈구가 혈관을 박차고 튀어 나와
앞차 뒤통수 따라가기를
더는 못 한다고 울부짖으면
일상의 강철 테가 튕겨져 나가면
찌그러지고 부서지고 라이트가 깨지고
형식을 깨 버리고 의미를 박살내고
도시를 가동시키는 순환의 미학을
내동댕이치고
그동안 어떻게 살아 왔는지 아느냐고
악을 쓸 것 같다

억울해 죽겠다고 날뛸 것 같다

폭설 끝에 찾아 온 안개
너를 뭐라고 알면 되겠느냐.

무엇이 무엇에게 무엇을

언제부터인가
내 것을 조금씩 떼어서 팔기 시작했다
한 조각씩 한 줌씩 주고 돈 받고
남의 것을 한 조각씩 한 줌씩 사서
내 몸에 내 생각에 섞어 넣었다
그것으로 혼합물을 만들어서
다음 날 아침이면
신상품으로 팔기도 했다
처음엔 생계 때문에 그랬고
점차 살기가 나아졌어도
그러는 것이 버릇이 되어
한 조각만 남아도 팔아야 성에 찬다
내 것과 남의 것이 섞이고
다시 몇 번 또 몇 번 교배를 거쳐
하룻밤 사이 알록달록한 몸과 생각이 되고
다양하고 급속이어서
모든 것을 디지털로 표기하기로 했다
어느 조각이 누구의 몸에서 나왔는지
알아볼 수 없으니
구태여 나를 나라고 해야 할까?

분명코 나라고 우길 수 있을까?
나는 너와 대체로 비슷하고
나는 유리컵 모양인데 너는 호리병 모양인 것이
다른 점이다. 너는 1번이고, 나는 2번
둘 다 세계화 시대의 인간이다
그래도 빅 브라더가
지구의 자전을 담당하기는 여전하며
적의 것을 너무 많이 먹고 낳아서
세상에 적이라는 것이 없어졌지만
어느 순간 1번이 2번의 적이 될지 모를 일이다
빅 브라더의 손이 지구를 빙빙 돌리고
현기증 나는 1번과 2번은 살길을 찾고 있다
아주 멈출 때까지.

감동 주는 시

사람들은 더 이상 감동하지 않는다
혀끝이 쓰리거나 손끝을 깨물리거나
가슴에 점멸등이 켜지거나
길어야 일 분이 될까?
감동 만드는 신경이 너무 굵어졌는지
감동을 지우는 장면이
순식간에 덮치곤 하니까
처리가 너무 빨리 되는 것인지
감동은 없다. 전환이 빨라야 사는 시대인데
어찌 감동을 원하랴
어찌 감동 주는 시를 쓰랴
마음 움직임보다 훨씬 빠른 속도로
사랑하고 돌아서는 장면 하나 만드는데
전 국민이 십 원씩 보태고
그것을 보는 데 다시 십 원씩 내고
그것도 자주 바꿔서 보여 줘야 본다
불길에 죽은 사람들과 맛있는 라면과
옥상에서 떨어져 죽은 아이들과 캐슬 같은 아파트가
순간 순간 마음을 갈아 끼우면서
사람들 삶의 시간을 채워 주는데

무엇에 가슴 벅차고 쓰리겠나
절대로 속 뒤집어지지는 않는 것이지.

삼월 저녁

서쪽 하늘을 핑그르르 적시며 지는 해가
봄기운 탓인지 맥이 없다
동양 서양 다 돌아보고
태평양 바다 만주 벌판 다 보고 왔을 테니
말해다오
해야, 너를 누가 반기더냐?
나무더냐, 사람이더냐, 돌이더냐?
너를 소의 간이라 하지는 않더냐?
복제해서 하나씩 가지겠다고 하지 않더냐
아직 바람 찬 삼월 저녁
역광에 아슴프레 산이 떠 있다
황사로 연일 뿌연 하늘에
동그랗게 깜박대는 외눈박이
주위가 핑그르르 젖는다.

청솔모를 만나다

아마도 칼을 버린 게 아니다. 더 깊숙이 내려놓았거나
오랫동안 안 꺼낸 것이다. 찌를 생각을 안 한다.
그냥 보고 해석만 한다. 시간이 걸린다고 한다.
칼 쥔 손에 맥이 다 빠졌는지
저도 남도 안 찌른다.

잣나무 전나무 섞여 있는 숲에
청솔모 두 마리가 잣을 까먹고 있다
재고 정확한 이빨과 손놀림을 보며
이빨의 단단함을 언뜻 느낀다
사람의 칼보다도 단단한 것 같다
잣송이에 콕콕 박힌 잣 껍질을 딱딱 벗겨내는
빠른 박자, 온 숲이 팽팽해진다.

칼을 아주 버린 게 아니다
휘둘러도 아무도 안 찔린다
살이 칼 같아졌는지?
아마도 최후 통첩 때나 꺼낼까,
뭉게뭉게 떠가는
삶이 가볍다
숲에 들면 그렇게 용납되는가?

사람아, 멍에 메고

어린아이부터 노인까지
멍에를 메고
무엇인가의 노예가 되어
힘겹게 살아야 하리라고
기계들이 소리친다
기계를 사랑하리라고
장담했던 기계를 닮아
어느덧 닮아
도로 사람이 되느라고
멍에 하나씩 더 메고
굳어진 살을 푸느라 애쓰며
여기 저기서 나무와 흙을 보라고 한다
제 자리 못 지키고
기계에서 나무로 흙으로 오가는
사람아, 멍에 메고 헤매는 사람아,
무엇을 그리도 심하게 잃었는가!

이런 날들

비도 몇 달째 안 오고
조간 신문 일면엔
실패한 정책들이 줄을 잇고
공적 자금을 쏟아 붓겠다느니
부었더니 다 새어 나갔다느니
외국인 투자자들의 마음이 개었느니 흐렸느니
과외비가 몇 조를 넘어섰느니

비가 몇 달째 안 오니
아카시아 어린잎에 진딧물이 덕지덕지 붙고
약수터 물도 부쩍 줄어들고
매연은 하늘에 쌓이고 또 쌓이고,
잠시 물 없어진 지구를 그려본다
아리조나 사막 길에서 만난
고요와 느린 하루와
선인장에 고인 꿀과
피 빛 노을을 떠올린다

비가 내내 오지 않는다면
인간은, 한 숟가락의 물도 아끼면서

더 인색해질까? 깊은 후회에 빠질까?

때 절은 건물과 길거리와
목 졸린 가로수를 헤매다
봄은 도망치듯 사라지고
비 내리지 않은 하루
해 저무는 하늘이 근심으로 붉다
가물어 터진 마음이 저만 하려나.

봄, 몽타쥬

애벌레들 굴참나무 잎에서 사각대고
도르르 말린 어린 싹 파앙팡 풀리는데
철쭉 꽃 우거진 산 입구
보도 블럭 위에 지렁이가 고요하다
봄 가뭄이라고 말하며 지나가는
사람들이 보거나 말거나
제 갈 길로 갔다
제 갈 길 바쁜 젊은이들은
차 창문을 열어젖힌 채
북소리 날리며 질주한다
그 길에서
봄이 뭉쳤다 풀렸다 하며
사람들은 문을 열었다 닫았다 한다
짧은 봄날, 쌉쌀한 햇빛
세상의 시계가 째깍댄다.

단풍나무에 햇빛 쏟아지니

단풍 들기 전
숲은 어수선하다
푸르스름 누렇게 마른 잎들이
초로의 머리털 같다
길은 굽기 시작했는데
속도를 그대로 하여 앞을 내다본다
두 세 번 오르막 길이 남아 있다
아카시아 잎은 벌써 잔잔하게 땅을 덮었다
별 감동도 없이 큰 키에 흔들대는 몸을 보다가
단풍나무에 쏟아지는
햇빛의 집중 조명에
마음 깊은 골짜기에 붉은 등이 켜진다
그 곳에 쌓인 것들이 무엇인지
자외선에 쏘인 듯 맑아진다
짧은 순간이다.

산을 내려가면, 실상인즉, 거기서 더 내려가야 한다
금년 들어서는 그 길이 더욱 혼잡하다
간혹 고요하고 불길하다
……생각이 때 아니게 불거진다

어떤 아름다움이 핵폭탄처럼 터져
빛나는 순간, 맑아지는 순간이 온다면…
굴참나무 잎들 툭툭 쏟아져 내리는 가을
깊어질 때, 혹은 흰 산 흰 거리 될 때
그런 날이 온다면.

겨울나기

겨울 건너며
영산홍은 꽃을 피운다
베란다 창 밖에
겨울 산과 거리에는
밤새 눈이 하얗다
재작년에도 생업이 없던 그는
겨울을 두 번 건너면서도
여전히 빈손이다
돈이 쌓인 다른 곳에선
이미 인생이 다르다
겨울을 건너든 봄을 건너든
돈과 함께 다닌다
영산홍은 제 몸이 겨울인 줄 알아서
화분 가득 꽃을 달고
겨울나는 법을 따른다
극단의 선택인가
저도 어쩔 수 없는 유업인가
눈부시게 붉으나 향기가 없어
침묵이 더욱 깊다.

3부

어떤 맑은 날, P씨의 일기

숲은 푸르고 하늘도 맑고 바람도 산들 분다
사람들 숨쉬고 살라고 허공은 산소로 가득하고
개도 새도 풀도 벌레도 그 속에서 숨쉬는데
산소 잡아먹는 가스가 늘어
사람도 풀벌레도 숨이 답답하고
머리가 혼미하다. 그 탓인가?

그때그때 맞는 답을 찾아야 하고
서너 개의 나와 서너 개의 이름을
관리해야 하지만
할만하다.
어느 것도 가짜는 아니다
출근부터 퇴근 때까지 맘에 없는 말을
굴리고 굴리어 본심이 되도록
프로그램 되어 있는
이 시대의 주역 배우인
나는, 신선한
공기가 그리워 파도 치는 바다로 달려간다
머리가 맑아지며 심장 속에 맑은 피가
고동치기를 머리를 쥐어뜯으며 욕구한다

파도가 부서질 때 산산조각 나기를
간절히 소망하며

그러나, 파도는 나를
두려워하는지 저 멀리 달아나고
산소를 채워 돌아올 뿐,
나는 여러 개의 나와
여러 개의 너를 만나고 스치고 잊고
배반하고 죽이고 사랑까지 한다

여름과 함께 숲이 깊어지고
나의 삶도 깊어지며 치달은 곳은
황폐나 멸종은 아니리라
율법이 바뀔 것이고 오래된 금기가
내게 아첨을 떨 테니까.

슬픔을 모르는 너에게

무엇을 갖고 싶은가, 무엇이 되고 싶은가
지식과 기술과 좋은 옷과
아름다운 몸과 좋은 차와 집과
연봉 높은 직장과 머리 좋고 매너 좋은 애인과
인정과 명망을 갖고 싶고
그것들로 뭉쳐진 존재가 되고 싶은가,
그것도 많이 계속 가져야 한다면
재물이 너를 끌고 가야 할 것이다.
재물은 너의 의자요
네 수레의 말이 될 테니
지식과 기술을 재물로 바꾸느라
몸이 상하도록 일하다가
상하면 재물로 뜯어고치고, 권력까지 얻어
네 수레는 유연하게 굴러가겠다
그것도 누구와 나누기를 원치 않으니
네 옆에는 재물로 부리는 고용인만 있겠다
지식과 기술의 네트웍은 너를 도울 것이다
네가 소모되어 더 이상 복구될 수 없을 때까지
네가 슬픔을 알기 전에
너를 폐기 처분할 것이다

그 기술 또한 너와 네 조직원이 개발한 것이다
내 말에 동의하느냐?

그 사람의 밤, 푸른 신호

그의 몸엔 먼지 뿜어내는 배출구가 있다. 집으로 돌아오면 온 몸이 잠시 회색 뭉치가 되곤 한다. 수북한 잡풀도 으악으악 제 뿌리를 끊어낸다. 거리를 달리며 신경 끝은 더 가늘어졌고 껍질도 몇 번인가 갈아입었다.

유리 벽 안으로 들어온 그는 머리 속을 갈아 끼운다. 밤 도시의 반짝이는 불빛을 아득히 내다보며 어둠 속에 지워지는 살아 있는 것들이 질식되는 소리도 아득히 듣는다. 밤이면 껍질을 뒤집고 나오는 부화된 꽃과 파충류들이 새벽을 향해 절정과 소멸의 급류를 타고 달려가는 그 시간, 그는 안테나로 비상 에너지를 받는다.

유리벽 안에서 충전된 푸른 나무같이 되어 저 멀리서 푸르게 방사하는 빛을 볼 뿐 어느 누구도 건너올 수 없다. 새벽이면 소멸되는 그의 푸른 신호가 절박하기까지 하다. 그가 무슨 말을 하는가, 유리벽을 더듬으며 밤을 타고 흐르건만 회상에 젖은 그가 그리운 것이 있는 것 같다.

그가 고독한 이유

여러 갈래 생각과 말로
여러 갈래 사람들을 만나며
여러 갈래 태도를 짓고
여러 갈래 부분이 되어
여러 갈래 역할을 맡아
심신을 급속히 원활하게
밤이 깊도록 전환시키다가
잠자리에 누워 홀로 된 그는
낮 동안의 그 무엇도 그 누구도 아닌
잠잘 때의 그가 되어
물가에 모자와 양말을 벗어 놓고
물 속으로 전신을 빠뜨린다
잠자러 온 그들이
물 속에 저 만큼씩 빠져있고
무어라 외쳐도 소리는 없다
무채색의 그와 그들이
고치 모양으로 희어지더니
투명체 막대기가 되어
서로 모른 채 잠은 깊어지고
세상의 시간은 바닥에 누워 있다

새벽이면 물위에 널리는 껍질도 없다
그런 세상은 지나갔다
잠 속에서 누구였는지 어디 다녀왔는지
그의 안 주머니나 작은 뇌 바닥쯤에 담겨 있을지
모두 잊고 출근길에 오른다
나는 그를 만날 때마다 모른다
그도 나를 만날 때마다 모른다.

흐린 마음에 붉은 점

비에 젖은 마당에서 톡톡 튀는 까치와
작고 빨간 넝쿨 장미가
처음 보는 듯 신선하다.

사는 것이 힘들다고 한다
어느 것 하나 쉬운 것이 없다고 한다
편리함 속에서 삶을 누르는 것이 무겁다
그 이유를 아는 만큼은 알고
어떻게 해야 쉬워지는지 연구도 많다
기능이 더 많고 더 작고 귀여운
휴대전화 만드느라 골몰하고
병도 치료법도 질세라 분투한다.

흔한 넝쿨 장미 몇 송이가
흐린 마음에 집중력 있는 붉은 점 몇 개를
탁탁 찍어 놓는다
진통제 몇 알 먹은 듯
얼마나 오랜만인가
꽃이 곱게 보이는 것이.

아홉 시 뉴스

어허, 그 참, 저런 괘씸한, 저럴 수가
에잇 다 썩었구나, 저것 좀 보게, 저러면 안 되지
별 꼴이네, 어쩌다 저런 일이, 에잇 시끄럽다
거대한 쓰레기 자루를 뒤져내면
세상살이가 보이고 쓰레기 주인을 알 수 있단다.
국민의 건강을 위한 뉴스 한 쪽을 들으며
각자 남은 인생을 생각해 보겠지.
그러다 폐지와 폐품을 모아 장학금을 주는
할아버지가 소개된다
그의 가죽 같은 손과 웃음기 잃은 얼굴이
세상 한 모퉁이에서 반짝 빛난다
대통령보다도 대선 후보자들보다도
분석하러 나온 전문가 교수들보다도
말은 적고 무엇을 하면 좋을지 아는 사람 같아
화면 저 안 쪽으로 사라지는 그의 굽은 어깨가
밤 아홉 시 너머 어둔 밤을 받치고 있다.

한 겹이 되고 싶다

거울 속의 속으로 달려들어가도
통로의 저 끝에서
나를 이내 알아보고 싶다
내가 웃을 때 그도 웃고
내가 울 때 그도 울면 좋겠다.
저 끝에서 거울이 거울에게 항의한다
제일 앞 거울이 내게 항의한다
정말로 한 겹이 되고 싶다
옷도 껍질도 다 벗으면 될까?
시간과 공간을 짜게 졸여서?
생각과 감정을 땡볕에 바래서?
한 겹 한 겹 끼워져 있는 시간과 공간
만난 사람들, 꾸며댄 말, 칼과 송곳
묵직한 구두창, 해 저물도록 끓던 증오
그 모든 겹겹 거울 속으로 튀어 들어가
우박 알처럼 난동 부리며 튀어 들어가
고요한 거울 고요를 증오하며 터뜨린다
통로의 저 끝에서 다면체의 그가
이리 저리 부딪치며 돌고 있다
정말로 한 겹이 되고 싶다
두터운 살 탓이 아니다.

남긴 것

버리다 남겨 놓은 것이 있다
그것으로 남은 삶의 살과 명예를 살리려고
그것은 버린 것 전부보다 더 강한 다리가 되기도 한다
남은 삶의 주인이 되기도 한다
그것이 나를 버릴 때까지 빌붙어 살며
지혜로운 자라고 자처하기도 한다
이런 세상에서는 다 버리면 안 된다
그러지 않아도 못 버리는데
피었다 지는 꽃 떨어진 자리나
다 익어 떨어진 감꼭지처럼
아무런 계산이 일어나지 않도록
그렇게는 못한다
계산한 그만큼 내 살은 뽀얗다
계산한 그만큼 끝내 이루지 못한 것이 있다
그냥 그렇게 역사를 이어가며
너무 쓰거나 뜨거운 것에서 떨어져서
조금씩만 닿으려고 조심하면서 가다가
미래의 인간은 무엇을 버리고 무엇을 남길까?
사랑 같은 것도 남겨 놓을까?

그 여자의 열등감

"오늘도 가는 데마다
나는 조금씩 모자란다
증명서 떼는 데 도장 안 가져가고
생선도 잘못 사고
엊그제는 약속 시간을 잘못 알았고
버스 안에서 산 볼펜은 몽땅 불량품이다.
요즈음뿐 아니다
나를 속이려는 사람에게 잘 속고
이력서 내서 터억 들어가지도 못하고
아이들 공부 뒷바라지도 잘 하지 못한다
재테크는 물론 할 줄 모르고
요리 솜씨도 그저 그렇고
요즈음엔 다리 힘도 약해져서
집안 일도 힘겹다
나는 언제나 조금씩 모자라더니
이제는 한참 모자란다."
누구에게든 떨어진다고 생각하며
평생을 살아 온 그 여자는
다른 사람들이 바닥에 내려 올 때면
마음 편한 말동무가 되곤 한다.

어떤 페미니즘

흙은 돌을 덮고 있고
돌은 흙에 박혀 있다

흙도 있고 돌도 있고
산이 좋구만

산을 내려가는
늙은 여자들의 말이다.

어느 문학 교수가 사는 법

지난 밤 하얗게 눈 덮인 꿈속에서
굴참나무는 책을 주렁주렁 달고 있었다
겨울 숲에 햇빛 눈부시고
박달나무와 산벗나무도
잎사귀만한 책을 주렁주렁 달고 있었다

굴참나무는 선 채로 꿈을 꾸고 있었다
철조망 밖에 조그만 도서관 하나
밤늦도록 불 밝히고
사르르 사르르 글자들 걸어가는 소리
어둠 속에서 미로 찾기는
그의 무성해지는 삶 속으로 들어오고 있었다.

여름 끝날 무렵 새벽이 고요해질 때
그는 미로를 빠져 나온다
장터의 아우성 소리는 그의 영혼에
장작불을 지피고 그의 도서관은 타닥타닥
타고 있다. 불길에 싸인 책 속의 영혼
영혼 속의 책, 책을 빠져 나온 영혼, 소용돌이치는
글자들은 그의 몸 속으로 들어간다. 아작아작

씹히며 들어간다.

이른 비는 잠든 잎들을 깨우고
늦은 비는 돌아가는 발걸음을 재촉한다
돌아가면 무엇이 있는가
한 두 입 베어 먹힌 달 조각
상처로 인해 몸 냄새가 치열하다
어두운 바다 위에 하얀 두개골은
밤을 깨물고 있다.

그가 다시 꿈을 꾼다
책나무들에 물오르고
어린 나무들은 해와 달에 나이테가 늘어가며
푸른 잎들은 무성해진다
쓰고 단 이야기들 울며 불며 소리치는 이야기들
눈물과 웃음과 비애와 고독과 사랑과 혁명과
죽고 사는 이야기 나무 나무
숲 밖에 마른 땅으로 산소를 나르고 있다.

잃어버린 날들

그때 뚫고 들어가지 못한 껍질이
지금은 돌벽같이 되었다
부수고 치고 피 흘리면서라도
속을 보았더라면
적막한 소리 되돌아오는 이만큼에서
흘러간 물살을 탓하지 않을 텐데
놓치고 허망한 자리엔
들풀 한 움큼도 자라지 않고
굳어진 흙은 돌이 되어 간다
그냥 끼고 사는 것이련만
무단 침입할 수 없는
그 무거운 고요를
그때도 지금도
짙은 안개 숲으로 기억한다
숲은 벽안에서 숲을 낳고 키우고
나는 여기서 나를 낳고 키우고
뒤엉키는 역사를 두려워했던가
놓치고 허망한 자리에 들꽃 한 줌이라도
쓸쓸한 대로 피어났으면

가면서 뉘우친다

사십 중반쯤 가며 가는 길이 조금씩 보인다
몇몇이 가다 혼자 되기 일쑤인 길을
특별한 각오도 필요 없이
뿌리가 나뉘는 것을 서글퍼하지 않고
누구를 따라 가지도 않고
마음은 삼십 촉 정도로 밝힌 채
굽 낮은 신발에 몸에 맞는 옷차림으로
이제부터는 걸어서 가는 것일 줄 안다
절벽을 만났을 때 떨어지는 게 아닌 줄 알며
강을 만났을 때 건너서 가는 것을 알며
번개 칠 때 피했다 가는 것을 안다
가면서 뉘우친다
만나서 모여서 눈 흘기고 마음 할퀴던 것
생채기 얻어 갖고 세상이 파랗다 노랗다
했던 것.

그림바위 가는 길

뭉텅 뭉텅 치솟은 산들 산 뿌리까지 푸르겠다
더운 숨 뿜어내는 팔월 정선
태백은 깊을 대로 깊어 빠르게 이동하는 구름
긴 자락을 휘감는 춤사위에
한 바탕 취기가 인다
산중에 비탈진 무밭
새 한 마리 내려앉아
무 잎을 쫀다
새 소리, 한 사발 샘물 마시듯 귀에 담는다
절벽에 펼쳐지는 화폭, 일순에 속마음을 친다
돌에 내린 비와 해, 바람과 눈발, 천둥과 번개
그리고 산 중 과객이 벗어 놓은 슬픔
녹으며 소리치며 저 모양으로 남았는가
푸른 기운 도는 돌은 청동과도 같아
기나 긴 시간의 몸 이만큼에서 끌어안아 본다
산 깊은 데서 몸부림치며 기진하며 절벽을
흘러간 모양 처연하도록 아름답구나
그렇게 노래 한 자락 보태며 걷는 걸음
돌아다보면 흙먼지 뽀얀 내 걸어온 길
술이 아니래도 취하는구나
비 오락가락 하니 산 고요 더욱 향긋하다.

시간의 먼지 속으로

　사람은 독창적이고 싶어하면서 누군가의 동의를 얻고 싶어하고 남다른 생각으로 튀고 싶어하면서 누군가를 따르고 싶어하고 홀가분하게 살고 싶다 하면서 결혼하고 싶어하고 잎이 나고 꽃이 피고 지고 열매 맺는 것을 보면서 잎과 꽃과 열매가 항상 달려 있기를 소망하고 따뜻한 이불 속과 광야를 한 지붕 아래 갖고자 하며 빠르게 흘러가는 구름의 무리가 머리에 재를 떨구지 않기를 바라면서 몇 살부터인가 이 세상 빠져나가면 맞이하게 될 풍경을 그려보며 돈 있으면 온갖 것 다 사는 세상에 살면서 하루하루 기억의 밑바닥으로 내려앉는 고향의 시내와 나무를 잊을까봐 꼭꼭 뭉쳐 놓기도 하고 정말로 혼자가 될까봐 혼자 됨을 미리 미리 사랑해 두고 가는 비 땅을 적시는 소리에 몇 십 년 불린 쇠가 녹아 버리기도 하는 사람은, 풀과 나무와 귀뚜라미와 붕어와 쥐와 방울새와 호랑이와 개와 살무사와 물과 돌과 구름과 안개를 거느리며 그 사이사이에 앉았다 떠났다 하며 시간의 먼지가 그의 몸을 먼지로 되돌리면서 먼지 속이라야 빛나는 것 뜨겁고 말랑말랑하고 절대 터지지 않고 투명한 그 무엇을 빚어 놓을 때까지, 사람은 그저 사람으로 되어 가는 중이련만. 떨어지는 해를 수백 배 속도로 돌리니 달고 새콤한 붉은 사탕 하나가 순식간에 벌판 끝으로 곤두박질한다.

팔 월

팔월 오후의 햇빛이 집들의 등과 뒤통수를 쏘아대고 있다
벽은 뜨거움을 더하며 가만히 있다 어두워질 때까지
피할 길 없이 날이면 날마다 뜨거움을 받아
벽이 벽이기 위하여 벽으로 서 있는 자신을 생각하며
나란히 마주 벽을 본다
뜨거움과 말없음, 굳음과 어두움을 명상한다
벽이 벽을, 벽과 벽이, 벽에서 벽으로, 벽임에도 불구하고
생각은 뚫린 창에 이르러 멈춘다, 끊어진다, 부서진다
팔월의 피할 길 없는 햇볕이 창유리를 쏘아대고 있다
피비린내를 풍기며 거부한다 햇볕은 전면을 장악한다
창유리는 벽을 생각하지 않는다. 벽이 벽을 건너느라
유리창을 밟는다. 가면서 허공을 본다.
벽의 어두움이 떠 있는 허공에도
팔월의 햇볕은 뜨거움을 붓고 있다
허공이 뜨거워질 수 있을까?
벽은 의심하지 않는다. 벽의 수평과 수직의 믿음이
오랜 침묵 속에 자신이 벽임을 자부한다
팔월 햇볕의 뜨거움이 벽에 갇혀 있다.

밤은 배경이 아니다

조금 더 지나면
늘어선 빌딩들 사이 남은 조각
저물어 가는 하늘이
까만 먹물을 뒤집어쓸 것이다
신호등이 규칙적으로 바뀌견서
시야의 저 끝으로
붉은 미등을 켠 차들이 달려간다
정지 신호다
지치고 급한 몸이 브레이크를 밟는다.

저렇게 섰었다
다시 푸른 등이 켜질 때까지
십여 년쯤 걸렸는지
엔진을 끄지도 못 한 채
깊은 물밑에 가라앉아
사막을 가고 있다고 믿던 나날들
오만과 열등감과 과욕과 공허가
나를 흘렸다 놓아주었다 하며
세상 또한 비인간적 회전 속도에
사람들을 내려놓고 달리던 시절

저 길로 달려가면 또 길이 있겠지만
길의 길의 끝에선 절벽도 만날 것이다
어둠을 수 억의 불빛으로 밝혀 본들
조금 더 옅어진들
지금 밤으로 가는 시간은 얼마간
더 깊어지겠지, 사람의 지친 몸들은
불을 꺼야 쉴 텐데

도시엔 신기한 조명 기술이
밤을 배경으로 밤을 퐁퐁 뚫는다
깊은 잠의 몇 시간을 퐁퐁 뚫는다
완전한 어둠 속에서 세상이 절벽으로 서는
몇 시간을 아무도 못 보도록.

궁극적 목적

네가 분명 있을 텐데
네게로 가는 길은 멀고 꼬불꼬불하고
아예 한동안씩 소멸해 버리기도 하지
네게 신경 쓸 여유가 없어
반 년짜리 계획 세우기도 어려운데
한 평생의 끝에 무슨 등대, 아니 등잔불이
깜박이고 있을지
모른다고 하다가 없다고들 하지
그냥 가다가 끝에 가서
어디로 건너뛸지 결정하는 것
앞에 놓인 대로 딛고 가는 것 같아
그렇다면 지금의 이 노역, 이 두려움과 불안은
부당하다고 생각한다
그러면서도 올라 탄 롤러코스트는
내릴 때까지 어쩔 수 없으니
차라리 그걸 즐기자는 인간들이 늘지
삶이 인간을 희롱하는가
인간이 삶을 희롱하는가
어쨌든 너를 없애 버리면
인간은 굴레가 없어질 줄 알았는데

배는 부르고 마음엔 허기와 공포가
채찍질 해대는 묘한 갈등에
너를 안다고도 모른다고도
있다고도 없다고도 못한다.

벽

지금 세상엔 벽다운 벽이 없다
벽은 이동 가능하고 해체 가능한
재료와 공법으로 만들어져
벽을 부수려는 자들을 희롱한다
불끈 쥔 주먹을 한 세기 전 유물로 응고시킨다
그 사람의 마음은 철벽같다
집에서는 그를 이길 자가 없다
그의 아내는 포기했으므로 산다
그의 철벽이 삭아서 주저앉으면
벽에 가려졌던 것이 보이려나?
알고 싶지 않다

벽은 고집스럽고 오만하다 율법보다 굳다
잔인하다. 돌진하는 욕망을 스스로 깨지게 한다
깔끔하여 절대 금지를 엄수한다
벽을 만든 자도 벽을 부수려 하고
부수고 나면 다시 만든다
벽에 가리운 고독과 적요를 버릴 수 없으므로

벽은 박테리아다

어디서든 안으로 생기는 그림자다
차 오르다 이울다 하며 구획 짓는다
방을 만들고 허공을 가르고 불을 나눈다

벽이 있어 괴로운가
벽을 부수려 녹이려 골몰하는가
벽을 치우고라도 솔직하게
벌떡대는 심장을 만지고 싶은가
벽에 기대어 생각에 잠긴다
벽이 벽다우려면? 벽으로 인정받으려면?
벽 속 전선으로라도 벽 속으로 들어가
어느덧 알게 될 때까지.

시를 쓰면서

편안한 집과 정든 물건과 오래 앉은 의자와

익숙한 옷과 음식과 하루 몇 잔의 차와

오래 낀 반지와 책장을 채운 책들과

겨울마다 붉게 꽃 피는 영산홍과

그리고 남편과 아이들

시를 쓰면서 생각해 본다

나와 가깝고 친숙하고 있는 곳에 늘 있다

그 속에 나를 끼워 놓고 나를 이리 저리 옮겨 본다

아예 떼어놓아 본다

다 들고 나가 광야에 놓아 본다

오래 앉은 의자는 나를 얼마나 더 앉게 할까?

얼마나 더 함께 낡으며

내 몸이 물질이 되더라도 나를 기억할까?

생각해 본다, 이런 것 다 없이 산다면

얼마나 더 당당했을 것이며

세상을 들락거리며 나는 아니라고 했을 것이며

몇 번인가 혁명을 주도했을지도 모른다

세상을 사랑하는 것이 아니다

세상 속에 찻잔 하나처럼 끼워져

그 속에 향기 좋은 차를 담고

마셔주면 비워지는
그런 시나 몇 편 쓰면서 살아도 된다는 허락을
나의 가깝고 친숙하고 정든 성실을 다하는
존재들로부터 받아내고 싶은 것이다.

낡은 질문

무엇으로 사는가, 느리게 흐르는 강물에 두 발을 담그고
무엇으로 저어 가는가, 어디에 닻을 내리는가
낡은 광고문처럼 소용없고
낡아서 새로운 질문을 달고
터널 안을 달려간다
바로 옆에서 벽이 함께 달려간다
비끗 방향이 꺾이면
벽은 그대로 달리고 나는 정지한다는
생각이 잠깐 들른다
두려움의 지뢰를 땅 속에 묻고
아주 없는 듯이 살아가는 때
가슴을 펴고 당당하다, 무엇으로?
지금 이 시간과 희미하게 비쳐 보이며 오고 있는 시간은
두려움을 품고 있지 않다
무성해 가는 나무가 하늘을 두려워하지 않듯이
시간은 무색 무취로 인간을 향해 오고 지나간다
터널 밖으로 나오며 다시 묻는다
어떻게 벽이 나를 치지 않았나? 무엇을 지나 왔나?
낡은 철학 책에 소리 없이 밑줄 쳐 있는
몇 십 년 전 품었던 질문을

아무도 던지지 않는다
비전문적이요 추상적이요 실용적이 아니어서
어디에도 소용없고 답도 없다
그렇다, 시간 속에는 두려움이 담겨 있지 않다
낡은 질문은 하지 않지만
지뢰를 밟기 전 바라는 것은
두려움 없는 삶과, 내쫓기지 않는 삶과
시간이 나를 흘러 갈수록 나 또한
무색 무취의 본질로 돌아가는 것이다.

우울한 날

그물에 걸려 있는 것이다
어쩔 수 없음을 무의식 속에 묻으면서
행복하거나 우울하다
사람들은 그물이 질긴 것도 잘 안다
그것을 벗어나기 위해 사는 것이 아니다
그 안에 있지 않으면 불안하기도 하다
살아온 날과 살아갈 날들을 바라본다
아무 것도 더 붙잡고 싶지 않은 순간
가끔 내 등짝을 치며 오거나
입 속에 혀를 굳게 가두며 오는 것이 있다
그런 우울이 두렵다
그물을 알고 싶지 않다
그러나, 그물은 자신의 정체를
간혹 강렬하게 물 밖으로 떠올린다
사람이 행복에 지쳐 있을 때가 아니다
쓸쓸한 하루의 어느 순간
내 영혼이 더 이상 단 맛을 찾지 않을 때
몇 겹의 비늘을 찢어내며
퍼득거리는 붉은 살갗으로 헤엄치려 할 때
우울은 거대한 파도처럼

칠흑 어둠 속 사막처럼
내 앞에 다가서서
그물에 걸려 있다고 외친다
기억하라고, 잊은 척하지 말라고
영혼이 몸에 묶여 있는 동안
몸이 몸을 묶는 동안
몸이 몸을 사랑하는 동안
그물은 영원하다고 한다
우울을 마주한 날
정전된 밤 동안 벽 한 쪽에 켜진
비상등처럼 눈앞이 밝다
그물이 조여온다.

몸 속에서 파동치는 시간의 깊이

유 성 호

(문학평론가 · 한국교원대 교수)

1.

안경원의 시는, 무심하게 흘러가고 있는 시간과 그 안에서 힘겨운 실존을 구성하고 있는 자기 자신의 생의 형식에 대한 격정의 노래이다. 그래서 그의 시에는, 세계내적 존재로서의 자기 운명에 대한 매서운 응시와 쓸쓸한 확인과 무거운 성찰이 다함께 녹아들어 있다. 시의 표면에는 그의 몸 속 깊이 새겨져 있을 것만 같은 상처의 흔적들이 빈번하게 나타나고 있고, 시의 이면에는 그 상처들을 다스리며 치유해가려는 서정적 주체의 의지가 지속적으로 관류하고 있다. 그렇게 그는 상처난 시간 속에서 자신이 겪고 있는 실존적 상황을 끊임없이 바라보며 견디고, 그 속에서 파동치는 시간의 깊이를 드러내면서 시를 쓰는 시인이다.

원래 '시간' 이란 누구에게나 공평하게 주어진 물리적이고 객관적인 것으로 여겨지기 쉽지만, 사실 그것은 주체의 내면 안에서 지속되는 어떤 흐름으로만 경험되는 심리적이고 주관적인 실체이다. 따라서 모든 사람은 자신만의 시간 단위를 갖고 있으며, 그것은 주체가 처해 있는 실존적·역사적 정황에 의해 끊임없이 감각적·정서적으로 현재화된다. 안경원 시인의 경우, '시간'은 시인 자신의 자기 실현을 끊임없이 유예시키면서 몸 속에 수많은 흔적들을 새기고 있는 어떤 파문과 같은 존재이다. 그래서 그의 '시간'은 과거를 미화시키는 '기억'의 원리나 미래를 밝게 앞당기는 '전망'의 원리로 나아가지 않고 오직 자신의 '현존'을 이루는 흔적들로 줄곧 나타난다. 그만큼 그는 자신이 처해 있는 현재적 조건에 육체를 입히는 형식으로 '시간'을 형상화하고 있는 것이다.

가령, 시인은 자신의 현재형을 '벽壁'으로 둘러싸여 있는 정황으로 은유하고 있다.

팔월 오후의 햇빛이 집들의 등과 뒤통수를 쏘아대고 있다
벽은 뜨거움을 더하며 가만히 있다 어두워질 때까지
피할 길 없이 날이면 날마다 뜨거움을 받아
벽이 벽이기 위하여 벽으로 서 있는 자신을 생각하며
나란히 마주 벽을 본다
뜨거움과 말없음, 굳음과 어두움을 명상한다
벽이 벽을, 벽과 벽이, 벽에서 벽으로, 벽임에도 불구하고
생각은 뚫린 창에 이르러 멈춘다, 끊어진다, 부서진다
팔월의 피할 길 없는 햇볕이 창유리를 쏘아대고 있다
피비린내를 풍기며 거부한다 햇볕은 전면을 장악한다

창유리는 벽을 생각하지 않는다. 벽이 벽을 건너느라
유리창을 밟는다. 가면서 허공을 본다.
벽의 어두움이 떠 있는 허공에도
팔월의 햇볕은 뜨거움을 붓고 있다
허공이 뜨거워질 수 있을까?
벽은 의심하지 않는다. 벽의 수평과 수직의 믿음이
오랜 침묵 속에 자신이 벽임을 자부한다
팔월 햇볕의 뜨거움이 벽에 갇혀 있다.

—「팔월」 전문

　　미당未堂의 등단작인 「壁」에서 느낄 법한 아득한 유폐감과 격절감이 이 작품에도 감각적으로 잘 드러나 있다. 여기서 모든 존재들 사이의 가시적인 경계를 이루고 있는 '벽'의 실체는, 그리 뚜렷한 구체성을 띠지는 않는다. 다만 '벽'은 우리의 존재가 안고 있는 여러 실존적 정황을 암시하는 어떤 편재적遍在的인 원리로 나타난다. 그 '벽'에 관한 시인의 해석은 「벽」이라는 작품에서 잘 나타나는데, "벽은 이동 가능하고 해체 가능한/재료와 공법으로 만들어져/벽을 부수려는 자들을 희롱"하는 존재이다. 그래서 "벽은 고집스럽고 오만하다 율법보다 굳다/잔인하다. 돌진하는 욕망을 스스로 깨지게 한다". 그러니 우리는 '벽' 때문에 생기는 괴로움을 승인하면서, '벽'을 부수기보다는 '벽' 속으로 스며들어감으로써 문제를 해결할 수밖에 없게 된다. 곧 '벽'은 극복의 대상이 아니라 실존적 승인의 몫이 되는 것이다.

　　이 시의 첫 장면인 "팔월 오후의 햇빛이 집들의 등과 뒤통수를 쏘아대고" 있는 광경은 시인이 현재 바라보고 있는 사실적 풍경의 재현으로 보인다. 그 햇빛을 받아 "벽은 뜨거움을 더하며 가만히 있다". 가령 "날이면 날마다 뜨거움을 받아/벽이 벽이기 위하여 벽으로 서 있는 자신을 생각하며/나란히 마주 벽을" 바라보고 있는 것이다. 이때 "벽으로 서 있는 자신"과 "나란히 마주 벽을" 보고 있는 실재는, '벽'이 우리를 둘러싸고 있는 환경이자 곧바로 우리들의 속성이기도 하다는 점을 드러낸다. "창유리는 벽을 생각하지 않는다. 벽이 벽을 건너느라/유리창을 밟는다. 가면서 허공을 본다./벽의 어두움이 떠 있는 허공에도/팔월의 햇볕은 뜨거움을 붓고 있다"에서 나타나는 '벽/유리창/허공/햇볕'의 순환적 관계는 그것들 사이의 선형적線形的 인과율을 깨면서 동시에 그것들이 한 몸으로 어울려 팔월의 풍경을 구성하고 있음을 보여준다. 그래서 결국 "벽은 의심하지 않는다. 벽의 수평과 수직의 믿음이/오랜 침묵 속에 자신이 벽임을 자부한다"로 시가 이어지면서, '벽' 자체가 이미 변할 수 없는 우리의 실존적 상황임을 암시하고 있는 것이다.

　따라서 이 시의 풍경은 이미 사실적 외관의 재현이 아니라, 시인의 내적 체험 속에서 재구성된 어떤 환幻적 체험이라고 할 수 있다. 시인은 이와 같은 환幻을 통해, 자신의 우울하고도 힘겨운 실존을 견디고(극복하지 않고) 있는 것이다. 마지막 행인 "팔월 햇볕의 뜨거움이 벽에 갇혀 있다"는 비로소 햇볕의 뜨거움이 벽 속으로 갇혀버렸다는 사실 진술이라기보다는 그 갇힘이 영속적이 될 것임을 암시하는 판단 진술에 가깝다. 이처럼 안경원 시인은 자신이 현재 처해 있는 조건을

극복해야 할 대상으로 여기지 않고, 그것을 시간의 깊이 속으로 받아들여 견뎌가려는 시인이다. 이러한 시인의 '벽(壁/癖)'은 매우 완강하여, 그의 시를 낙관적 희망이나 과장된 절망 중 한쪽으로 읽는 것을 가로막는다.

2.

안경원 시인의 특징 중 하나는, 그의 시에 반복해서 등장하는 사물이나 이미지에 어떤 통일된 체계를 부여하려는 욕망이 그에게는 별로 없어 보인다는 사실이다. 그만큼 그는 개개 시편의 완성도나 충실성에 집착하는 편이며, 시집 전체를 하나의 전언傳言으로 수렴하려는 의지는 약해 보인다. 어떤 강력한 하나의 주제나 미적 원리에 의해 시집을 묶어내는 저간의 관행에 비추어볼 때, 이처럼 그때그때의 몸의 기억에 충실한 한 편 한 편의 시를 쓰고 있는 그의 시적 실천은 한결 미덥다. 따라서 그의 시성〔pceticity〕이란, 몸의 기억에 선명하게 새겨져 있는 시간의 깊이를 응시하는 데서 발원하고 완성되고 있다. 시집 첫머리를 수놓고 있는「침묵에 기대어」연작에서도, 이러한 그의 지향은 잘 나타난다.

> 내가 박은 가시를 하나씩 빼내며
> 생각에 잠금 장치를 푼다
> 못 살겠다고 우우 토하며 엎어진 날들
> 그때 상처 곪을 때 부서진 것
> 이제야 몸밖으로 나오며
> 세월이 많이 흘렀다고 한다

그동안 몸 속을 돌아다니며

가시 뽑아 놓을 곳을 찾았다고 한다

—「침묵에 기대어 1」전문

　그가 고통스러워했던 상처의 진원지는 결국 바깥에 있는 것이 아니었다. 그 원인이 바로 "내가 박은 가시"들이었기 때문이다. 많은 시간이 지나 시인은 비로소 그 가시들을 "하나씩 빼"내고 있다. 오랫동안 빗장을 질렀던 생각에도 숨쉴 틈을 열어놓고 있다. 그런데 이처럼 시인의 몸이 열리고 있는 까닭은, "못 살겠다고 우우 토하며 엎어진 날들/그때 상처 곪을 때 부서진 것"이 "이제야 몸밖으로 나오"기 때문이다. 그런데 그 폐허와 상처의 흔적들이 오랜 시간 동안 몸 속을 흘러다니며 찾아낸 "가시 뽑아 놓을 곳"은 어디일까. 그것이 바로 지금 시인이 처한 현재형일 터이다. 물론 그 현재형이라고 낙관적 토양은 아닐 것이다. 다만 시인은 "침묵에 기대어" 이 같은 실존을 자각하고 응시하고 있는 것뿐이다.

　시인은 이어지는 연작 시편들에서 "알고 보니 너를 베며 나를 베었다"(「침묵에 기대어 2」)는 자각 곧 주체와 타자의 관계가 결국 순환적이고 그 사이에 경계가 없음을 말한다. 그리고 그의 몸 속에서 웅얼대는 "소리를 잃은 말들의 헤매임"(「침묵에 기대어 4」)을 들으면서 재차 묻는다. "그간 주고받은 것이 상처뿐이랴/흘러가는 시간이 잠깐씩 섰다 갈 때/석류 속처럼 쪼개지고 빛나는 것들은/무엇일까?"(「침묵에 기대어 5」)고. 그 "빛나는 것들"이 결국 고통이나 상처를 견디고 서 있는 현재형의 삶이 아닐 것인가.

가을걷이 끝나고 갈아엎은 흙이

거무스레 살집이 좋다

무성할 때 감춘 것들 바닥째 내브이는

입동 가까이 여읜 들판

바라볼수록 하늘이 깊다.

— 「침묵에 기대어 9」 전문

비록 소품(小品)이지만 이 작품은 감춤과 드러냄, 시간과 공간, 삶과 죽음의 징후 등이 깊이 어우러지면서 이 시인이 자신의 시작을 통해 표현하려는 욕망을 다함없이 보여주고 있다. "무성할 때 감춘 것들'이 "거무스레 살집이 좋다"는 자연스런 순리를 그는 시간의 깊이 속에서 성찰하고 있다. 그러니 "흙은 돌을 덮고 있고/돌은 흙에 박혀 있다//흙도 있고 돌도 있고/산이 좋구만//산을 내려가는/늙은 여자들의 말이다"(「어떤 페미니즘」)라는 작품에서도 그는, '흙'(여성)과 '돌'(남성)과 '산'(인간)이 어우러지는 풍경을 "좋구만"으로 언표하는 나이 지긋한 여인의 탄성을 보여주고 있는 것이다. 이를테면 '돌'과 '흙'을 날카로운 대립항으로 놓는 여느 페미니즘과는 다른 "어떤 페미니즘"을 그는 구상하고 실천하고 있는 것이다. 그러니 그 어느 것도 감히 "저렇게 붉은 것을 어떻게 삼키겠나"(「영천 홍옥」).

3.

생각건대 그에게 이번 시집은 '다시 간이역이다"(「2000년에 온 봄」). "상처에 대한 기억도 납작해져서"(「2000년에 온 봄」) 어떻게 생각하면 도사연道士然하는 포즈를 취할 때도 된 것 같지만, 안경원 시인은 여전히 자신의 시가 "가슴 속 품었던 유토피아 꿈까지/폐기물이 되는 것을"(「강의실에 흐르는 강물」) 담담하게 바라보면서 그것을 "단속적으로 욕망하며"(「이렇듯 조용한가」) 씌어질 것에 대한 소망을 버리지 않는다. 그래서 그는 오래 쓰던 책상을 해체하면서도 "나무에 스민 13년의 시간"을 애써서 읽고 있으며 "해체할 수 없는 13년과 그 다음"(「책상을 해체한다」)까지 노래하고 있는 것이다.

그렇다면 시인에게 결국 '시'는 무엇일까. 혹독하게 마모되어가는 일상의 틈 속에서, 그의 시는 그로 하여금 일상의 불모성을 견디게 하는 항체임에 틀림없다. 가령 그는 "이 나이 되어서/마땅한 비유나 찾으며 시 쓰겠나"(「시에 기대어」) 하면서 매끈하게 잘 만들어진 심미적 형식의 시를 원치 않는다. "이 나이 되었으니/삶의 지혜를 써야 할 텐데/시는 내 등을 탁탁 치고 있다"(「시에 기대어」)라고 하는 것으로 보아 삶의 철리哲理를 담고 있는 깨달음의 시편을 쓸 계획도 아닌 것 같다. "감동은 없다. 전환이 빨라야 사는 시대인데/어찌 감동을 원하랴/어찌 감동을 주는 시를 쓰랴"(「감동 주는 시」)라는 탄식을 반어적으로 읽을 경우, 우리는 다만 그의 시가 여전히 감동을 지향하고 있고, "나와 가깝고 친숙하고 있는 곳에 늘 있"(「시를 쓰면서」)는 존재들 틈에 끼어 "세상 속에 찻잔 하나처럼 끼워져/그 속에 향기 좋은 차를 담고/마셔주면 비워지는/그런 시나 몇 편 쓰면서 살"(「시를 쓰면서」)고 싶다는

전언을 듣게 된다. 그러니 그의 시가 그들의 "눈물과 웃음과
비애와 고독과 사랑과 혁명과/죽고 사는 이야기"(「어느 문학
교수가 사는 법」)로 이어지는 것은 자연스럽다. 그 자연스러
움은 우리가 놓치고 사는 삶의 기율 예컨대 시원始原에 대한
그리움 같은 것으로 나타나기도 한다.

뭉텅 뭉텅 치솟은 산들 산 뿌리까지 푸르겠다
더운 숨 뿜어내는 팔월 정선
태백은 깊을 대로 깊어 빠르게 이동하는 구름
긴 자락을 휘감는 춤사위에
한 바탕 취기가 인다
산중에 비탈진 무밭
새 한 마리 내려앉아
무 잎을 쫀다
새 소리, 한 사발 샘물 마시듯 귀에 담는다
절벽에 펼쳐지는 화폭, 일순어 속마음을 친다
돌에 내린 비와 해, 바람과 눈발, 천둥과 번개
그리고 산중 과객이 벗어 놓은 슬픔
녹으며 소리치며 저 모양으로 남았는가
푸른 기운 도는 돌은 청동과도 같아
기나긴 시간의 몸 이만큼에서 끌어안아 본다
산 깊은 데서 몸부림치며 기진하며 절벽을
흘러간 모양 처연하도록 아름답구나
그렇게 노래 한 자락 보태며 걷는 걸음
돌아다보면 흙먼지 뽀얀 내 걸어온 길

술이 아니래도 취하는구나

비 오락가락 하니 산 고요 더욱 향긋하다.

—「그림 바위 가는 길」 전문

　"팔월 정선"에 간 시인이 경험하는 것은 온갖 감각으로 다가오는 시원의 충동 그것이다. 이를테면 산은 "더운 숨 뿜어 내는"(촉각), "깊을 대로 깊어 빠르게 이동하는 구름"(시각), "산 고요 더욱 향긋하다"(후각), "새 소리"(청각) 등으로 그 시원의 풍경을 드러내고 있다. 이때 시인은 "돌에 내린 비와 해, 바람과 눈발, 천둥과 번개/그리고 산중 과객이 벗어 놓은 슬픔"을 듣고 보고 만진다. 흔적을 통해 실체를 재구再構하는 시인의 역동적 상상력이 미적으로 개입하는 순간이다. 그래서 그는 "푸른 기운 도는 돌은 청동과도 같아/기나긴 시간의 몸 이만큼에서 끌어안아 본다". 그리고 이 아름답기 이를 데 없는 풍경을 바라보면서 "돌아다보면 흙먼지 뽀얀 내 걸어온 길/술이 아니래도 취하는구나/비 오락가락 하니 산 고요 더욱 향긋하다"로 시를 마감하고 있다. 이 "그림 바위 가는 길"이야말로 시인이 "원시를 그리워하며"(「남은 자」) 찾아온 길일 것이다. 따라서 "우리 눈에 시적 윤기가 있는 것으로 보이는 정서는 그가 누린 자연 체험이 근대화라고 하는 물신의 발톱에 덜 상처받음으로 남길 수 있었던 정신적 여유와 깊게 관계 있어 보인다."(정현기)는 그의 시에 대한 지적은 이번 시집에서도 그대로 유효하다고 할 수 있다.

　"다시 푸른 등이 켜질 때까지/십여 년쯤 걸렸는지/엔진을 끄지도 못 한 채/깊은 물밑에 가라앉아/사막을 가고 있다고

116

믿던 나날들"(「밤은 배경이 아니다」)에 그는 "버리고 싶은 마음엔 아직 더운 김 서려 있고,/떠나고 싶은 마음엔 돌아올 표를 숨기고 있으려니"(「그곳에 가면」) 하면서 시를 쓰고 있다. 그것은 "이 시대의 시간은 층을 만들지 않는다/아무 것도 가라앉지도 않는다"(「강의실에 흐르는 강물」)고 하는 세상에 대한 탄식과 "멍에 하나씩 더 메고/굳어진 살을 푸느라 애쓰며/여기 저기서 나무와 흙을 보라고 한다"(「사람아, 멍에 메고」)는 세상의 호명呼名에 다같이 민감한 이 시인의 필연적 역정임에 틀림없다. 그만큼 안경원 시인은 시를 쓰면서 시를 앓으면서 삶의 복합성에 다가갈 것이다.

4.

우리가 지금까지 관찰해온 안경원 시집 『팔월』은, '시간'이라는 냉혹한 흐름에 맞선 주체의 힘겨운 자기 확인의 서사였다고 할 것이다. 그것은 현재적 실존에 맞선 시인의 감각 이를테면 침묵의 깊이 속에서 삶의 복합성을 드러내는 시선과 시원에 대한 강렬한 충동으로 완성되고 있다. 이러한 그의 시적 실천은 "영혼이 몸에 묶여 있는 동안"(「우울한 날」) 두고두고 지속될 것이다.

그렇게 안경원 시인은 자신의 몸 속에서 파동치는 시간의 깊이를 헤아리고 위무하며 시를 쓰고 있다. 그 시간의 깊이가 아득한 파문을 그리며 우리의 몸에 전해져온다. 이제 그 파문에 우리가 몸을 담글 차례이다.